A mis hijos... lo más preciado.
—Sean Covey

En grata memoria de mi padre, Allen Curtis.
Gracias por todo tu apoyo.
—Stacy Curtis

## AGRADECIMIENTOS

Este libro es resultado de un extraordinario equipo que trabajó estrechamente para producirlo, cada quien con su tarea concreta y todos compartiendo voz y opinión. Una sinergia total, donde uno y uno hacían diez. En particular quiero agradecer a:

Stacy Curtis, nuestro brillante dibujante que consiguió darles vida a los personajes. ¡Nunca dejaste de sorprendernos a todos con tu arte!

Nuestra dotada redactora, Margery Cuyler, por su encantador ingenio durante los meses que trabajó conmigo codo a codo transformando los 7 hábitos en divertidos personajes y memorables historias para niños.

El equipo insuperable de Simon & Schuster: nuestros editores, Courtney Bongiolatti y Justin Chanda, por su profesionalidad y entusiasmo con el proyecto, dejando su sello en todas partes; y a Rubin Pfeffer, por darnos la primera visión del libro.

Mi amiga y colega Annie Oswald, que fue la conductora del proyecto y mantuvo todo en marcha como sólo ella sabe hacerlo.

Mi talentosa hermana, Colleen Brown, que aportó muchas ideas valiosas para hacer el libro más divertido y atractivo.

Gracias a todo el equipo por lo bien que lo pasamos. ¡Larga vida a los niños de Los 7 Robles!
—Sean Covey

**BLUME**

Título original:
*The 7 habits of happy kids*

**Diseño:**
Alicia Mikles

**Traducción:**
Roberto R. Bravo

**Coordinación de la edición en lengua española:**
Cristina Rodríguez Fischer

*Primera edición en lengua española 2009*

© 2009 Art Blume, S.L.
Av. Mare de Déu de Lorda, 20
08034 Barcelona
Tel. 93 205 40 00  Fax 93 205 14 41
e-mail: info@blume.net
© 2008 Simon & Schuster, Nueva York
© 2008 Franklin Covey Co.
© 2008 del texto Sean Covey
© 2008 de las ilustraciones Stacy Curtis

I.S.B.N.: 978-84-9801-400-6

Impreso en Singapur

WWW.BLUME.NET

# LOS 7 HÁBITOS DE LOS NIÑOS FELICES

**BLUME**    **SEAN COVEY**    ILUSTRACIONES DE **STACY CURTIS**

# ¿Qué hay en

**Una nota personal para padres y maestros**     8

**Conoce a los niños de Los 7 Robles**     10

**¿Qué aburrido! ¿Qué aburrido!**     13
    Ser proactivo

**Gubo y la colección de insectos**     25
    Empezar con un objetivo en mente

**Pinchi y la prueba de ortografía**     35
    Poner primero lo primero

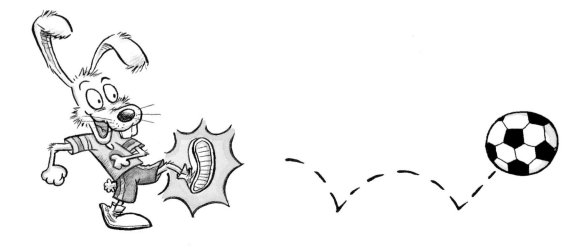

# este libro?

**Lily planta un huerto**                                45
    Pensar en beneficio mutuo

**El conejo Saltarín y la red atrapamariposas**    57
    Primero comprender, después ser comprendido

**Los Tejones Matones**                              67
    Hacer sinergia

**Sofi dormilona**                                   79
    Afilar la sierra

**El árbol de los 7 hábitos**                        90

**Comentario de Stephen R. Covey**                   92

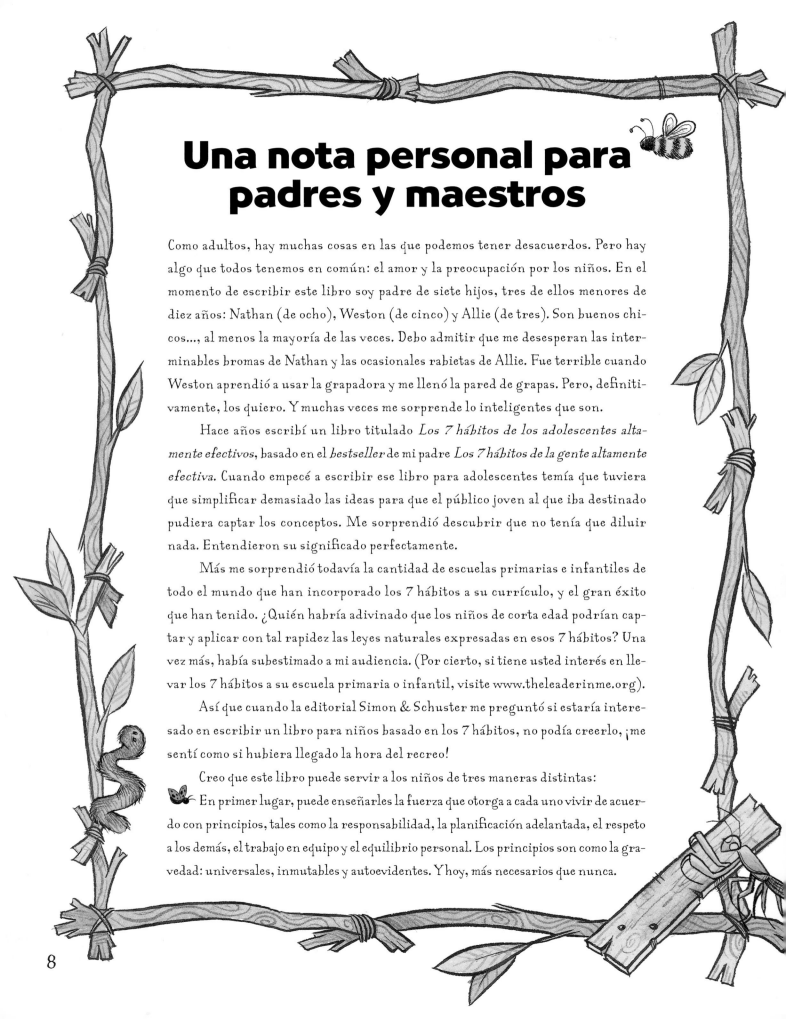

# Una nota personal para padres y maestros

Como adultos, hay muchas cosas en las que podemos tener desacuerdos. Pero hay algo que todos tenemos en común: el amor y la preocupación por los niños. En el momento de escribir este libro soy padre de siete hijos, tres de ellos menores de diez años: Nathan (de ocho), Weston (de cinco) y Allie (de tres). Son buenos chicos..., al menos la mayoría de las veces. Debo admitir que me desesperan las interminables bromas de Nathan y las ocasionales rabietas de Allie. Fue terrible cuando Weston aprendió a usar la grapadora y me llenó la pared de grapas. Pero, definitivamente, los quiero. Y muchas veces me sorprende lo inteligentes que son.

Hace años escribí un libro titulado *Los 7 hábitos de los adolescentes altamente efectivos*, basado en el *bestseller* de mi padre *Los 7 hábitos de la gente altamente efectiva*. Cuando empecé a escribir ese libro para adolescentes temía que tuviera que simplificar demasiado las ideas para que el público joven al que iba destinado pudiera captar los conceptos. Me sorprendió descubrir que no tenía que diluir nada. Entendieron su significado perfectamente.

Más me sorprendió todavía la cantidad de escuelas primarias e infantiles de todo el mundo que han incorporado los 7 hábitos a su currículo, y el gran éxito que han tenido. ¿Quién habría adivinado que los niños de corta edad podrían captar y aplicar con tal rapidez las leyes naturales expresadas en esos 7 hábitos? Una vez más, había subestimado a mi audiencia. (Por cierto, si tiene usted interés en llevar los 7 hábitos a su escuela primaria o infantil, visite www.theleaderinme.org).

Así que cuando la editorial Simon & Schuster me preguntó si estaría interesado en escribir un libro para niños basado en los 7 hábitos, no podía creerlo, ¡me sentí como si hubiera llegado la hora del recreo!

Creo que este libro puede servir a los niños de tres maneras distintas:

En primer lugar, puede enseñarles la fuerza que otorga a cada uno vivir de acuerdo con principios, tales como la responsabilidad, la planificación adelantada, el respeto a los demás, el trabajo en equipo y el equilibrio personal. Los principios son como la gravedad: universales, inmutables y autoevidentes. Y hoy, más necesarios que nunca.

En segundo lugar, puede dotar a los niños con un lenguaje común para usar con sus padres y maestros. Tienen gran significado, y todo el mundo entiende expresiones como «lo primero, primero», o «tratemos de que todos salgamos ganando».

Por último, a través del oso Gubo o Sofi Ardilla, los niños podrán reconocer facetas de sí mismos en estos personajes memorables. Los cuentos pueden ayudarles a aplicar los 7 hábitos en sus propias vidas.

Cada cuento de este libro ilustra uno de los 7 hábitos. Al final de cada uno hay una nota dirigida a los padres y educadores (el «Rincón de los padres») con algunas sugerencias sobre cómo llamar la atención del niño hacia el hábito presentado en la historia. También hay una lista de preguntas para los niños («Para discusión») y la indicación de algunos pasos a seguir para empezar a practicarlos («Primeros pasos»). Al finalizar el libro se encuentra un diagrama de los 7 hábitos que muestra la manera en que se relacionan. Y no olvide visitar la página web www.seancovey.com, donde encontrará muchas actividades divertidas para los niños, como juegos, preguntas y respuestas, y figuras de personajes para imprimir y colorear mientras un adulto les lee las historias o las leen ellos mismos.

Permítame apoyarle en nuestra común y noble tarea de hacer de cada niño un niño feliz.

Con mis mejores deseos,
Sean Covey

# Conoce a los niños

### El oso Gubo

Éste es Gubo el oso, el chico más grande de Los 7 Robles, que es muy amistoso. Le encanta jugar, y le fascinan los insectos, sobre todo las hormigas.

### El conejo Saltarín

Conoce al conejo Saltarín. A Saltarín le gustan los deportes, montar en bicicleta, nadar y saltar. Y también las zapatillas deportivas, de todas clases.

### Lily Mofeta

Lily es muy hábil con las manualidades, sobre todo para ser una mofeta. Le fascina el arte. Casi siempre está pintando o dibujando, y haciendo cosas. Y quiere mucho a su hermanito, Feti.

### Samy Ardilla

Desde que nació, a Samy le ha gustado jugar con aparatos, construyéndolos y arreglándolos. Siempre lo verás con una herramienta en la mano. Samy y su hermana gemela, Sofi, viven en una casa en un árbol como todas las ardillas.

# de Los 7 Robles

### Sofi Ardilla

Es la hermana gemela de Samy.
Lo que más le gusta es leer.
Y también las matemáticas. A veces
usa palabras raras que saca de sus
lecturas, y que tiene que explicarles
a sus amigos.

### Pinchi Puercoespín

Pinchi tiene muchas púas por las
que se sabe de qué humor está.
Si se encuentra triste están lacias,
pero cuando se anima sus púas se ponen
de punta. A Pinchi le gusta estar tumbado
en su hamaca, tocando la armónica todo el día.

### Aly Corredora

No nos olvidemos de Aly Corredora,
una ratoncita que disfruta correteando
y siguiendo a todo el mundo, sobre
todo a su amiga Lily Mofeta. Aly vive
con su abuelita, y le encanta ponerse
sus prendas y su ropa.

...Y éste es **Erni el gusanito**. Es muy
tímido, por lo que tendrás que tener mucha
vista para encontrarlo...

# ¡Qué aburrido! ¡Qué aburrido!

**S**amy Ardilla estaba aburrido, aburrido..., muy ABURRIDO.

—Estoy aburrido, mamá —le dijo—, sin nada que hacer.

—¿Por qué no te entretienes con todos esos aparatos que guardas —le preguntó su madre—: juguetes, radios, teléfonos rotos...? ¿Ya no quieres jugar con ellos?

—Es que hoy no tengo ganas —le respondió—. Voy a ver si a Sofi se le ocurre algo entretenido.

Samy fue al cuarto de Sofi y llamó a la puerta: «Tun, tun». No hubo respuesta.

—Sofi ha ido a la biblioteca —le dijo su madre—
a devolver todos los libros que trajo la semana pasada.
Y seguramente traerá un centenar más.

—Por lo menos ella no se aburre —repuso Samy.

—Tú tampoco tienes por qué aburrirte —le sugirió
su madre—. ¿Por qué no vas a jugar con Pinchi?

Y Samy se fue a casa de Pinchi.

Encontró a Pinchi tumbado en su hamaca.

—Hola, Pinchi. ¿Qué estás haciendo?

—¿Qué te parece que estoy haciendo? —contestó
Pinchi—. Estoy tumbado en mi hamaca.

—Estoy aburrido —le contó Samy—. ¿No se te ocurre
nada divertido que podamos hacer?

—¡Claro! ¿Por qué no te echas en la hamaca a mi lado?

14

—¡Puah...! —respondió Samy—. Eso es todavía más aburrido.

—Te aseguro que no lo es —replicó Pinchi—, pero si a ti te aburre, ¿por qué no vas a ver qué está haciendo Lily?

Y Samy se fue a casa de Lily.

Lily estaba en el salón, pintando.

—Hola, Lily —le dijo Samy—. Estoy aburrido. ¿No se te ocurre algo divertido que podamos hacer?

—¡Seguro que sí! Ayúdame a pintar esta muñequita de puntos y luego le hacemos un marco de cartón rojo. O también puedes pintarme la cola...

—¡Puah...! —respondió Samy—. No tengo ganas
de pintar. ¿No se te ocurre ninguna otra cosa?

—No... —repuso Lily—. A mí me gusta pintar.
¿Por qué no vas a ver qué está haciendo Gubo?

Y Samy se fue a la casa de Gubo.

Encontró a Gubo fuera con la lupa en la mano,
mirando atentamente algo en la hierba.

—Hola, Gubo —lo saludó Samy—. ¿Qué estás haciendo?

—¡Hormigas! —dijo Gubo—. Estoy observando
a las hormigas.

Gubo le dio un tirón a Samy y, acercándolo,
le puso la lupa en las manos.

—Agáchate y verás cientos de hormigas. ¡Son muy
interesantes!

Samy miró a través de la lupa.

—¡Puah...! No quiero ver hormigas. Me dan escalofríos.
¿No se te ocurre algo divertido que podamos hacer?

—Nooo... —respondió
Gubo—. Ahora estoy
observando hormigas.
¿Por qué no vas a ver
qué está haciendo Saltarín?

Y Samy se fue a casa
del conejo Saltarín.

El conejo estaba en
el patio jugando al baloncesto.
Cuando vio a Samy le echó
la pelota.

—¿Quieres jugar? —le dijo.

—No —respondió Samy—,
no tengo ganas de jugar baloncesto.
¿No se te ocurre algo divertido
que podamos hacer?

—Mira esto —dijo el conejo—:
¡Soy el conejo Saltarín!
—y de un salto metió la pelota
en la cesta.

Samy suspiró. Nadie
tenía ninguna idea
divertida. Pero quizás
pudiera jugar con Aly.

Y se fue a casa
de Aly Corredora.

Encontró a la abuela de Aly pintando la entrada
de la casa.

—Hola, abuela de Aly —dijo Samy—. ¿Está Aly en casa?

—Está acostada, con dolor de garganta.

—¡Vaya! —exclamó Samy, y tras una pausa repuso—:
Estoy aburrido. ¿Quiere jugar conmigo?

La abuela de Aly se rió.

—No puedo, Samy. Estoy ocupada.

—Nadie quiere divertirse conmigo —se quejó Samy—.
Estoy tan aburrido...

—Pues... si te aburres, creo que es culpa tuya.
De ti depende pasarlo bien o no. De nadie más.

—¿Cómo puede ser? —preguntó Samy.

—Siempre puedes divertirte, si quieres. No necesitas
que nadie lo haga por ti. Mira a tu alrededor y piensa.
Seguro que encuentras algo entretenido que hacer.

Samy miró a su alrededor. Vio nubes..., árboles...
Había tres cubos de basura junto a la pared de la casa.
Encima de uno de ellos vio un aparato de radio desvencijado,
con cables que le salían por todos lados.

Entonces se le ocurrió.

—¿Ya no necesita esa radio? —le preguntó a la abuela de Aly.

—No. Está estropeada. Por eso la tiré.

—¿Puedo quedármela? ¡Me encantan las radios!

—¡Claro! —dijo la abuela de Aly.

Samy cogió la radio, se la llevó a su casa y la puso en el suelo de su cuarto. Empezó a examinarla. Tardó unas cuantas horas en hacer que volviera a funcionar, pero para la hora de comer ya había terminado. La ató con unos lazos y le pegó estrellas por todas partes. Finalmente, se la llevó de vuelta a casa de Aly.

—Hola... ¿Qué tenemos aquí? —preguntó la abuela de Aly.

—Un regalo para Aly, para que se ponga bien pronto —explicó Samy—. La arreglé para que pudiera escucharla mientras se mejora. Y ya no estoy aburrido. Descubrí cómo entretenerme.

—¡Estupendo! —exclamó la abuela de Aly—. Entremos. Vamos a llevársela.

Cuando Aly vio la radio, se le dibujó en la cara una sonrisa tan amplia como una tajada de melón.

—¡Me *engantan* los lazos! —dijo.

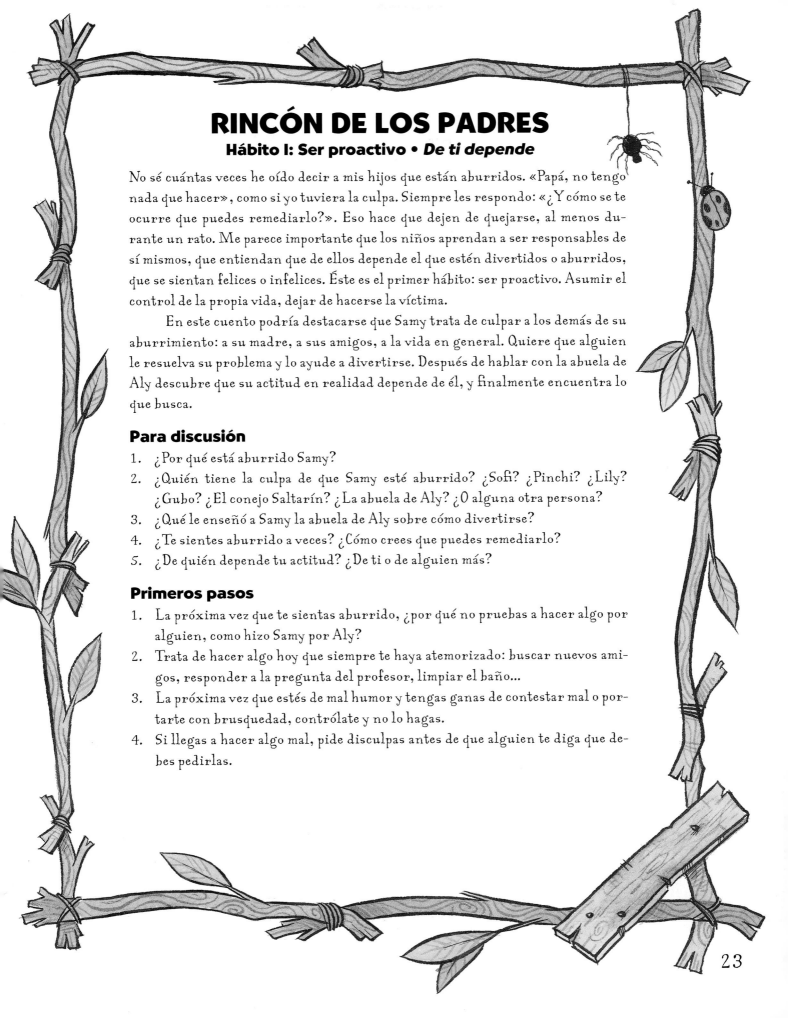

# RINCÓN DE LOS PADRES
## Hábito I: Ser proactivo • *De ti depende*

No sé cuántas veces he oído decir a mis hijos que están aburridos. «Papá, no tengo nada que hacer», como si yo tuviera la culpa. Siempre les respondo: «¿Y cómo se te ocurre que puedes remediarlo?». Eso hace que dejen de quejarse, al menos durante un rato. Me parece importante que los niños aprendan a ser responsables de sí mismos, que entiendan que de ellos depende el que estén divertidos o aburridos, que se sientan felices o infelices. Éste es el primer hábito: ser proactivo. Asumir el control de la propia vida, dejar de hacerse la víctima.

En este cuento podría destacarse que Samy trata de culpar a los demás de su aburrimiento: a su madre, a sus amigos, a la vida en general. Quiere que alguien le resuelva su problema y lo ayude a divertirse. Después de hablar con la abuela de Aly descubre que su actitud en realidad depende de él, y finalmente encuentra lo que busca.

## Para discusión

1. ¿Por qué está aburrido Samy?
2. ¿Quién tiene la culpa de que Samy esté aburrido? ¿Sofi? ¿Pinchi? ¿Lily? ¿Gubo? ¿El conejo Saltarín? ¿La abuela de Aly? ¿O alguna otra persona?
3. ¿Qué le enseñó a Samy la abuela de Aly sobre cómo divertirse?
4. ¿Te sientes aburrido a veces? ¿Cómo crees que puedes remediarlo?
5. ¿De quién depende tu actitud? ¿De ti o de alguien más?

## Primeros pasos

1. La próxima vez que te sientas aburrido, ¿por qué no pruebas a hacer algo por alguien, como hizo Samy por Aly?
2. Trata de hacer algo hoy que siempre te haya atemorizado: buscar nuevos amigos, responder a la pregunta del profesor, limpiar el baño...
3. La próxima vez que estés de mal humor y tengas ganas de contestar mal o portarte con brusquedad, contrólate y no lo hagas.
4. Si llegas a hacer algo mal, pide disculpas antes de que alguien te diga que debes pedirlas.

# Gubo y la colección de insectos

**G**ubo pasaba por la puerta de la juguetería Tuty cuando vio en el escaparate un juego coleccionable de insectos. La etiqueta marcaba 4 euros.

—¡Vaya! —exclamó Gubo—. Sieeeempre he querido tener un juego de esos... Pero no tengo los cuatro euros. Aunque... creo que podría ganármelos. ¡Necesito hacer un plan!

Gubo fue a su casa e hizo una lista.

PLaN De GubO
1. GaNarME UNoS EuroS.
2. COMPRar el JueGo DE InSeCtoS
3. COMPRarLE UN RegaLo A Aly Por Su CumpLeaños.
4. COMPRar UNa PIzza con Miel.
5. Ir Al Cine.

Justamente en ese momento vino a verlo Saltarín.

—¿Qué escribes, Gubo?

—Es una lista de cosas que quiero hacer —respondió Gubo.

—¿Sí...? ¿Hay algo en lo que pueda ayudarte?

—Claro que sí —repuso Gubo—. Se me ha ocurrido una idea. ¿Por qué no hacemos limonada y la vendemos? Hace mucho calor y a la gente le puede apetecer algo fresco.

Esa misma tarde, Gubo y Saltarín instalaron su puesto de venta de limonada.

Samy y Sofi fueron los primeros en pasar.

—¡Mira! ¡Limonada! —dijo Samy—. Me voy a tomar un vaso.

—Yo también —repuso Sofi—. Hace un calor agobiante... Gubo y Saltarín se miraron.

—No he entendido lo que has dicho —dijo el conejo.

—Quiero decir que hace mucho calor —explicó Sofi—. Muuucho calor.

Más tarde llegaron Lily Mofeta y Aly Corredora.

—Un vaso para Aly y dos para mí —dijo Lily—. Aly y yo vamos a mi casa a pintar, ¿verdad?

—Sí, *glaro* —respondió Aly.

Unas horas después, Gubo y el conejo Saltarín habían vendido toda la limonada, y habían ganado veinte euros.

—¡Qué bien, somos ricos! —exclamó Gubo—. Vamos a repartirnos el dinero: diez euros para ti y diez para mí.

—¡Qué bueno! —dijo Saltarín— ¡Ya sé lo que voy a hacer con mi parte! Y se fue a la juguetería.

El conejo Saltarín se compró dos barras
de caramelo, unos chicles
y una bolsa de palomitas de maíz,
que se comió inmediatamente.

Luego se compró un yoyo barato, que
se rompió al lanzarlo por tercera vez,

y una pistola de agua,
que perdió camino a casa.

Mientras, Gubo volvió a su casa y revisó su lista. Echó
un euro en un tarro donde guardaba sus ahorros...

NO
TOCaR

Luego fue a la juguetería
Tuty y compró el juego
de insectos por los
cuatro euros...

Compró un espejito de dos euros para
Aly por su cumpleaños...

Y en el camino de vuelta a casa pasó
por una pizzería y se compró un trozo
de pizza con miel por un euro.

Todavía le quedaban dos euros para ir al cine.
Mientras iba por la calle lo alcanzó el conejo Saltarín.

—¿A dónde vas, Gubo? —le preguntó.

—Al cine —le contestó.

—Me gustaría ir contigo —dijo Saltarín con un suspiro—, pero he gastado todo mi dinero.

—¿En qué? —preguntó Gubo.

—En muchas cosas —respondió el conejo—. Ya no me queda nada.

—Deberías haber hecho planes antes de gastarlo —dijo Gubo—. Yo pude hacer todo lo que tenía en mi lista.

A Saltarín se le bajaron las orejas y los bigotes de conejo.

—Yo, en cambio, lo he malgastado todo —razonó.

—No te deprimas —le animó Gubo—. Ahora sabes cómo hacer las cosas la próxima vez.

—¡Hmm! ¡Qué sabio eres! —respondió Saltarín—. ¡Que te diviertas en el cine!

—Espero que te diviertas tú también —propuso Gubo—. Todavía me quedan dos euros. Podemos ir juntos al cine de 1 euro. Ponen «La araña gigante contra el monstruo pegajoso». ¡Vamos! Te invito.

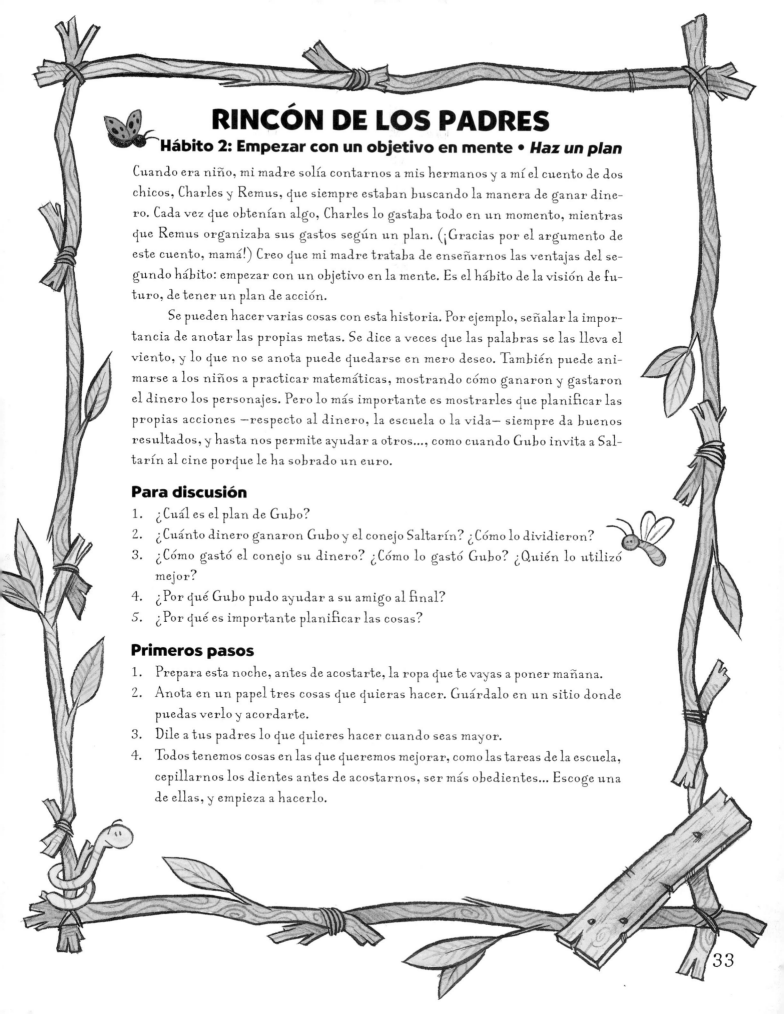

# RINCÓN DE LOS PADRES

## Hábito 2: Empezar con un objetivo en mente • *Haz un plan*

Cuando era niño, mi madre solía contarnos a mis hermanos y a mí el cuento de dos chicos, Charles y Remus, que siempre estaban buscando la manera de ganar dinero. Cada vez que obtenían algo, Charles lo gastaba todo en un momento, mientras que Remus organizaba sus gastos según un plan. (¡Gracias por el argumento de este cuento, mamá!) Creo que mi madre trataba de enseñarnos las ventajas del segundo hábito: empezar con un objetivo en la mente. Es el hábito de la visión de futuro, de tener un plan de acción.

Se pueden hacer varias cosas con esta historia. Por ejemplo, señalar la importancia de anotar las propias metas. Se dice a veces que las palabras se las lleva el viento, y lo que no se anota puede quedarse en mero deseo. También puede animarse a los niños a practicar matemáticas, mostrando cómo ganaron y gastaron el dinero los personajes. Pero lo más importante es mostrarles que planificar las propias acciones —respecto al dinero, la escuela o la vida— siempre da buenos resultados, y hasta nos permite ayudar a otros..., como cuando Gubo invita a Saltarín al cine porque le ha sobrado un euro.

### Para discusión

1. ¿Cuál es el plan de Gubo?
2. ¿Cuánto dinero ganaron Gubo y el conejo Saltarín? ¿Cómo lo dividieron?
3. ¿Cómo gastó el conejo su dinero? ¿Cómo lo gastó Gubo? ¿Quién lo utilizó mejor?
4. ¿Por qué Gubo pudo ayudar a su amigo al final?
5. ¿Por qué es importante planificar las cosas?

### Primeros pasos

1. Prepara esta noche, antes de acostarte, la ropa que te vayas a poner mañana.
2. Anota en un papel tres cosas que quieras hacer. Guárdalo en un sitio donde puedas verlo y acordarte.
3. Dile a tus padres lo que quieres hacer cuando seas mayor.
4. Todos tenemos cosas en las que queremos mejorar, como las tareas de la escuela, cepillarnos los dientes antes de acostarnos, ser más obedientes... Escoge una de ellas, y empieza a hacerlo.

# Pinchi y la prueba de ortografía

Un lunes, Pinchi estaba sentado en clase mientras la maestra, la señora Búho, escribía seis palabras en la pizarra:

regalo          diversión          gracias
además          contigo          tambor

—Estas palabras son ptara la prueba de ortografía del viernes. Si las estudiáis todos los días las sabréis bien para entonces.

Esa tarde, después de clase, Pinchi estaba en su casa durmiendo la siesta cuando, «Din-don», alguien tocó el timbre. Era Samy.

—Hola, Pinchi. ¿No quieres venir al vertedero a buscar aparatos viejos?

Pinchi pensó que tenía que estudiar; pero ir al vertedero sonaba más divertido.

—¡Claro! —respondió.

Al llegar, Pinchi vio un tambor. Lo recogió y lo probó suavemente: «Pum-pum-pum. Pum-pum».

—Suena bien —dijo, y se lo llevó a su casa. Estuvo jugando con el tambor el resto de la tarde.

El martes, Lily Mofeta
y Aly Corredora pasaron
por la casa de Pinchi.

—Acabamos de hacer unas
galletas de chocolate —dijo
Lily—. Están exquisitas.

—¿*Quiedes pdobadlas?*
—dijo Aly.

—¿Qué...? —respondió
Pinchi.

—Que si quieres probarlas. Son muy buenas
—insistió Lily.

—Tengo que estudiar para la prueba de ortografía...
—repuso Pinchi—, pero... ya lo haré después.

Y se fue con sus amigas a casa de Lily.

Cuando volvió a su casa, más tarde, se puso a tocar el
tambor. Y luego la armónica. Por último, se quedó dormido.

37

El miércoles por la tarde, Pinchi salió a cazar mariposas con Gubo.

Y la tarde del jueves la pasó montando bicicleta con el conejo Saltarín. Al llegar a su casa, se acordó de que al día siguiente sería la prueba de ortografía, y no había estudiado ni una palabra. Las escribió todas en unas fichas y las pegó en la pared:

regalo   contigo   diversión   además   gracias   tambor

Pinchi trató de aprendérselas, pero las letras se le movían como peces delante de los ojos.

Eran demasiadas palabras para aprenderlas todas en una sola noche. Cuanto más se esforzaba por memorizarlas, más se confundía. Hasta que se rindió y se quedó dormido.

Al día siguiente, a Pinchi la prueba le fue mal. Escribió todas las palabras mal, menos *tambor*.

—¿Qué te ha pasado? —le preguntó la señora Búho—. ¿No has estudiado? Pudiste haberlo hecho mejor.

—Es que todos los días había otras cosas que hacer...
—trató de explicar Pinchi.

Sofi, que estaba cerca, le dijo:

—No debiste posponer tus tareas.

—Que no debí, ¿qué?

—Dejar las cosas para luego. Lo primero, primero
—le explicó Sofi—. Si hubieras hecho tus deberes
primero, después habrías tenido tiempo para jugar.

La señora Búho se mostró de acuerdo con Sofi. Le dijo
a Pinchi que le daría otra oportunidad el viernes siguiente.

—Y esta vez no te despistes —le dijo.

Cuando Pinchi llegó a su casa
después de clases, echó una mirada
al tambor. «Pum-pum-pum...
Pum-pum-pum, pum-pum»,
resonaba en su cabeza.

Luego miró las palabras que había pegado en la pared.

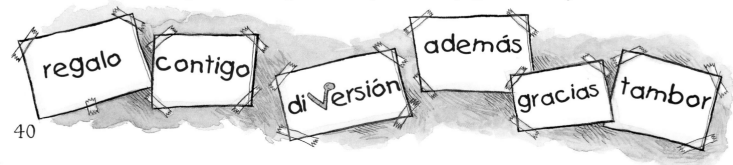

regalo contigo diversión además gracias tambor

«Din-don», sonó el timbre. Era Sofi.

—He venido a ayudarte a estudiar —le dijo.

Y estuvieron estudiando las palabras durante toda una hora.

«Din-don». Volvió a sonar el timbre. Era el conejo Saltarín

—¿Vienes a jugar? —le preguntó a Pinchi.

—Ahora no puedo, Saltarín —respondió éste—. Estoy estudiando.

—¿Que estás qué?

—Estudiando.

—Eso está bien... —dijo el conejo—. Ya jugaremos en otro momento.

Y se alejó saltando.

Pinchi siguió estudiando un poquito cada día. El día de la nueva prueba, el viernes:

—¡Qué bien! Ni un solo error —exclamó la señora Búho.

A Pinchi se le erizaron las púas por todo el cuerpo.

Cuando llegó a su casa, cogió el tambor y lo dejó en la puerta de Sofi con una nota de agradecimiento.

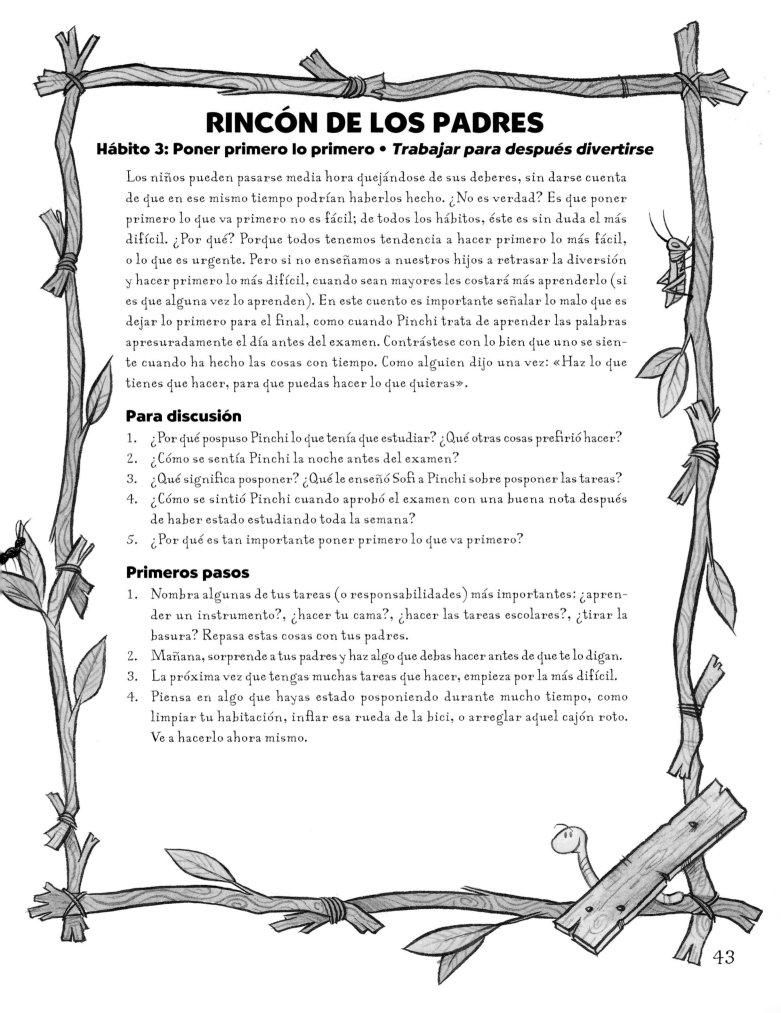

# RINCÓN DE LOS PADRES
## Hábito 3: Poner primero lo primero • *Trabajar para después divertirse*

Los niños pueden pasarse media hora quejándose de sus deberes, sin darse cuenta de que en ese mismo tiempo podrían haberlos hecho. ¿No es verdad? Es que poner primero lo que va primero no es fácil; de todos los hábitos, éste es sin duda el más difícil. ¿Por qué? Porque todos tenemos tendencia a hacer primero lo más fácil, o lo que es urgente. Pero si no enseñamos a nuestros hijos a retrasar la diversión y hacer primero lo más difícil, cuando sean mayores les costará más aprenderlo (si es que alguna vez lo aprenden). En este cuento es importante señalar lo malo que es dejar lo primero para el final, como cuando Pinchi trata de aprender las palabras apresuradamente el día antes del examen. Contrástese con lo bien que uno se siente cuando ha hecho las cosas con tiempo. Como alguien dijo una vez: «Haz lo que tienes que hacer, para que puedas hacer lo que quieras».

## Para discusión

1. ¿Por qué pospuso Pinchi lo que tenía que estudiar? ¿Qué otras cosas prefirió hacer?
2. ¿Cómo se sentía Pinchi la noche antes del examen?
3. ¿Qué significa posponer? ¿Qué le enseñó Sofi a Pinchi sobre posponer las tareas?
4. ¿Cómo se sintió Pinchi cuando aprobó el examen con una buena nota después de haber estado estudiando toda la semana?
5. ¿Por qué es tan importante poner primero lo que va primero?

## Primeros pasos

1. Nombra algunas de tus tareas (o responsabilidades) más importantes: ¿aprender un instrumento?, ¿hacer tu cama?, ¿hacer las tareas escolares?, ¿tirar la basura? Repasa estas cosas con tus padres.
2. Mañana, sorprende a tus padres y haz algo que debas hacer antes de que te lo digan.
3. La próxima vez que tengas muchas tareas que hacer, empieza por la más difícil.
4. Piensa en algo que hayas estado posponiendo durante mucho tiempo, como limpiar tu habitación, inflar esa rueda de la bici, o arreglar aquel cajón roto. Ve a hacerlo ahora mismo.

# Lily planta un huerto

uando Lily Mofeta era pequeña, le gustaba visitar el huerto de la señora Búho.

Había tantas cosas curiosas que ver: pepinos, rábanos, zanahorias, pimientos, judías, lechugas...

Una tarde, Lily le dijo a su mamá:

—Me gustaría que tuviéramos un huerto como el de la señora Búho.

—A mí también —le contestó su madre—, pero plantar un huerto lleva mucho tiempo y trabajo.

—Bueno, yo haré todo el trabajo —propuso Lily—. Lo prometo.

—No..., no creo que sepas el trabajo que supone plantar un huerto —le explicó su madre—. Primero hay que preparar la tierra. Luego, plantar las semillas, quitar las malas hierbas y regar casi todos los días. Al final terminaré haciendo yo casi todo el trabajo, y estos días estoy demasiado ocupada.

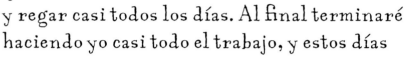

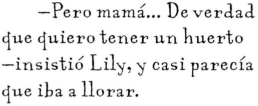

—Pero mamá... De verdad que quiero tener un huerto —insistió Lily, y casi parecía que iba a llorar.

—Bueno —dijo su madre—, algún día plantaremos algo más fácil, como... una parcela de fresas, que no da tanto trabajo. ¡Y las fresas son deliciosas!

Pero Lily no quería esperar. Quería tener un huerto ahora.

A media noche, Lily se despertó con una gran idea.
Corrió hacia su escritorio y le escribió una nota a su mamá con
su lápiz favorito:

Querida Mamá:
Si Me Dejas Tener
Un Huerto, Yo:
☆ Plantaré Hortalizas Y Fresas
☆ Regaré Y Limpiaré Las Plantas
☆ Me Ayudará Feti
Para Ti Habrá:
☆ Muy Poco Trabajo
☆ Hortalizas y fresas
muy Buenas

Te quiero
♡ Lily ♡

A la mañana siguiente, Lily salió de su cuarto y le dio la nota a su madre.

—Lily... —le dijo ésta—, veo que de verdad quieres tener un huerto.

Hizo una pausa y añadió:

—Bueno, si prometes hacer tú la mayor parte del trabajo para tener tu huerto, y yo tengo fresas para comer, me parece que tu plan es justo. Las dos salimos ganando. ¿Cuándo quieres empezar?

—¡Ahora mismo! —respondió Lily.

Esa misma tarde las dos rastrillaron la tierra y plantaron las semillas. El padre de Lily puso un espantapájaros. Y luego, cuando sus padres se fueron, Lily siguió trabajando en el huerto.

Durante todo el verano Lily estuvo regando y quitando
las hierbas, limpiando y volviendo a regar, como le había
prometido a su madre. Era agotador. Feti la ayudaba
—o eso intentaba, cuando no estaba estorbando—.
Cada vez que regaba las plantas, terminaba empapado.

Lily siempre tenía que decirle que no sacara
las zanahorias para ver cómo estaban creciendo.
Al fin, empezaron a surgir unos brotes de la tierra.
Varias semanas más, y ya se empezaban a ver
algunas hortalizas. Y también algunas fresas.

Cuando llegó la época de la cosecha, Lily y Feti
recogieron un montón de hortalizas y fresas,
y las llevaron a casa.

—¡Vaya! —exclamó su madre— ¡Verduras y fresas
frescas! Ya no tendré que comprar hortalizas en
la tienda... Y es más sano comer verduras frescas
del propio huerto. ¡Hicimos un buen trato!

Esa noche, Lily, Feti, y papá y mamá Mofeta comieron sopa de verduras y tarta de fresas.

—¡Qué fresas tan buenas! Deliciosas... Estoy orgullosa de ti, Lily —le dijo su madre—. Has trabajado todo el verano, haciéndolo tú casi todo en el huerto, como habías prometido. Y gracias a ti también, Feti.

—Me alegra que estés contenta —le dijo Lily.

—Se me ocurre que a lo mejor planto un jardín de flores —dijo su madre.

—¿Estás segura, mamá? —preguntó Lily—. Plantar un jardín lleva mucho tiempo y trabajo. No creo que sepas el trabajo que supone...

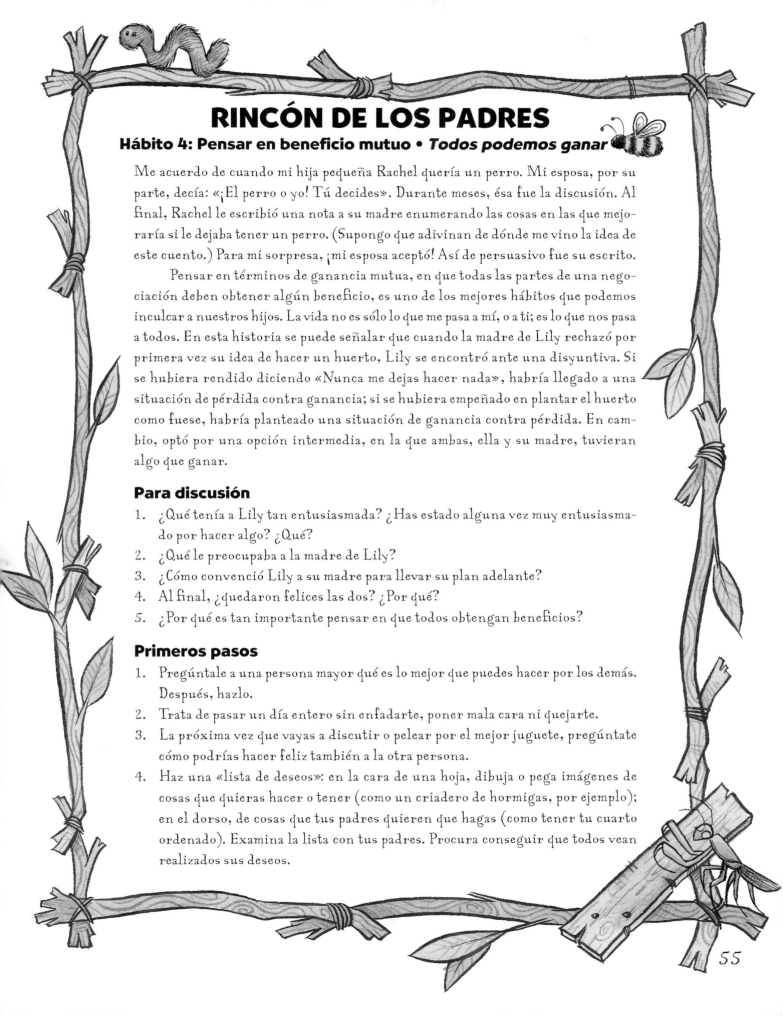

# RINCÓN DE LOS PADRES
## Hábito 4: Pensar en beneficio mutuo • *Todos podemos ganar*

Me acuerdo de cuando mi hija pequeña Rachel quería un perro. Mi esposa, por su parte, decía: «¡El perro o yo! Tú decides». Durante meses, ésa fue la discusión. Al final, Rachel le escribió una nota a su madre enumerando las cosas en las que mejoraría si le dejaba tener un perro. (Supongo que adivinan de dónde me vino la idea de este cuento.) Para mi sorpresa, ¡mi esposa aceptó! Así de persuasivo fue su escrito.

Pensar en términos de ganancia mutua, en que todas las partes de una negociación deben obtener algún beneficio, es uno de los mejores hábitos que podemos inculcar a nuestros hijos. La vida no es sólo lo que me pasa a mí, o a ti; es lo que nos pasa a todos. En esta historia se puede señalar que cuando la madre de Lily rechazó por primera vez su idea de hacer un huerto, Lily se encontró ante una disyuntiva. Si se hubiera rendido diciendo «Nunca me dejas hacer nada», habría llegado a una situación de pérdida contra ganancia; si se hubiera empeñado en plantar el huerto como fuese, habría planteado una situación de ganancia contra pérdida. En cambio, optó por una opción intermedia, en la que ambas, ella y su madre, tuvieran algo que ganar.

## Para discusión

1. ¿Qué tenía a Lily tan entusiasmada? ¿Has estado alguna vez muy entusiasmado por hacer algo? ¿Qué?
2. ¿Qué le preocupaba a la madre de Lily?
3. ¿Cómo convenció Lily a su madre para llevar su plan adelante?
4. Al final, ¿quedaron felices las dos? ¿Por qué?
5. ¿Por qué es tan importante pensar en que todos obtengan beneficios?

## Primeros pasos

1. Pregúntale a una persona mayor qué es lo mejor que puedes hacer por los demás. Después, hazlo.
2. Trata de pasar un día entero sin enfadarte, poner mala cara ni quejarte.
3. La próxima vez que vayas a discutir o pelear por el mejor juguete, pregúntate cómo podrías hacer feliz también a la otra persona.
4. Haz una «lista de deseos»: en la cara de una hoja, dibuja o pega imágenes de cosas que quieras hacer o tener (como un criadero de hormigas, por ejemplo); en el dorso, de cosas que tus padres quieren que hagas (como tener tu cuarto ordenado). Examina la lista con tus padres. Procura conseguir que todos vean realizados sus deseos.

# El conejo Saltarín y la red atrapamariposas

n día el conejo Saltarín llegó a la cueva de Gubo.

—¿Jugamos a lanzarnos un disco volador?

—No, gracias —respondió Gubo—. Estoy triste, porque he perdido mi red para cazar mariposas.

—Pero hace mucho sol —insistió el conejo—. ¿Por qué no vamos a jugar al lago Ojo de Pez?

—No tengo ganas —dijo Gubo.

—Por favor... —siguió diciendo Saltarín— Nos divertiríamos tanto... Anda, ¡vamos!

Y empezó a dar saltos alrededor de Gubo.

—Nooo... —le contestó Gubo— No paras de hablar
y de moverte, y no escuchas lo que te digo. ¡Ve a divertirte
tú solo!

—¡Bueno! —aceptó Saltarín— Ya nos veremos.

El conejo se alejó, dando saltos hasta la casa de Aly
Corredora. La encontró sentada en su cajón de arena.

—¡Buaaahhh...! ¡Buaaahhh...! —lloraba.

—¿Qué te pasa? —le preguntó el conejo.

—*¡Gué lío! Dengo a gamizeta andeveeés...*

—¿El río?... —dijo Saltarín—. ¿Quieres ir al río?
¡Bueno! ¡Vamos a nadar!

Aly sacudió la cabeza, y siguió llorando:

—¡Buaaahhh...! *¡DENGO A GAMIZETA ANDEVEEÉS...!*

—¡Ah! Sí... —dijo ahora el conejo—. Setas. Vamos a recoger setas.

Aly pataleó en la arena.

—¡Nooo...! *¡DENGO A GAMIZETA ANDEVEEÉS...!*

—¡Me rindo! —dijo Saltarín—. Vamos a ver si Lily entiende qué te pasa. Cogió en brazos a Aly y la llevó a casa de Lily Mofeta.

Lily abrió la puerta.

—Hola, Saltarín. Hola, Aly. ¿Qué pasa?

—¡BUAAAHHH...! —lloraba Aly.

Lily la observó

—¿Qué te pasa?

—¡*DENGO A GAMIZETA ANDEVEEÉS...!*

—¡Tienes la camiseta al revés! —dijo Lily—. Pobrecilla...

Lily le sacó la camiseta y se la puso bien.

—¿Cómo la has entendido? —preguntó el conejo a Lily.

—Tienes que escuchar con los ojos y el corazón, no sólo con los oídos —respondió Lily—. ¿No te has dado cuenta de que tenía la camiseta al revés?

—No —dijo el conejo—. No me he fijado.

Entonces se quedó pensativo un momento.

—Tengo que irme. Voy a ver a Gubo —y salió saltando.

—*¡Ezpédame!* —le gritó Aly.

Encontraron a Gubo apoyado en un tronco frente a su cueva.

—Me he dado cuenta de lo triste que estás —dijo Saltarín—. ¿Qué te pasa?

—Ya te lo dije —replicó Gubo—. He perdido mi red de cazar mariposas. Es mi objeto favorito, lo mejor que tengo...

—Bueno..., vamos a buscarla —propuso el conejo.

—Ya la he buscado —replicó Gubo—, y no la encuentro. Ha desaparecido. La he perdido para siempre.

Aly le tiró del pantalón a Saltarín.

—*Edádbol* de Lily —le dijo.

—¿Qué? —preguntó el conejo—. Dímelo otra vez.

Se agachó y miró a Aly a los ojos.

—La *ded eztá* en *edádbol* de Lily —repitió Aly.

—¿*Edádbol* de Lily?
—dijo Saltarín—. ¡Ah...!
Entiendo. El árbol de Lily.
La red para cazar mariposas
de Gubo está en el árbol de
Lily, en el gran roble donde
tiene su casa. ¿Es eso?

—*Zzíii* —respondió Aly.

—¡Qué suerte que
la has visto! Vamos
a buscarla.

Los tres fueron hasta
el árbol de Lily. La red estaba
junto al gran roble detrás de su casa.

—¡Mi red de cazar mariposas! —gritó Gubo.
—Ahora me acuerdo... —dijo—. Ayer vine hasta
aquí persiguiendo mariposas. ¿Cómo has conseguido
entender lo que decía Aly, Saltarín?

—Tienes que escuchar con los ojos y el corazón, no sólo con los oídos —contestó el conejo.

—Hmm... —repuso Gubo.

—¿*Guedéiz gugad en migaja de adena?*

—Gubo se inclinó hacia Aly.

—¿Qué has dicho? —le preguntó.

—*Guezi guedéiz gugad en migaja de adena* —volvió a decir Aly.

—¿Que si queremos jugar en tu caja de arena? —dijo Gubo.

Aly sonrió de oreja a oreja.

—Vamos, Saltarín —dijo Gubo—. ¡Vamos a jugar con Aly!

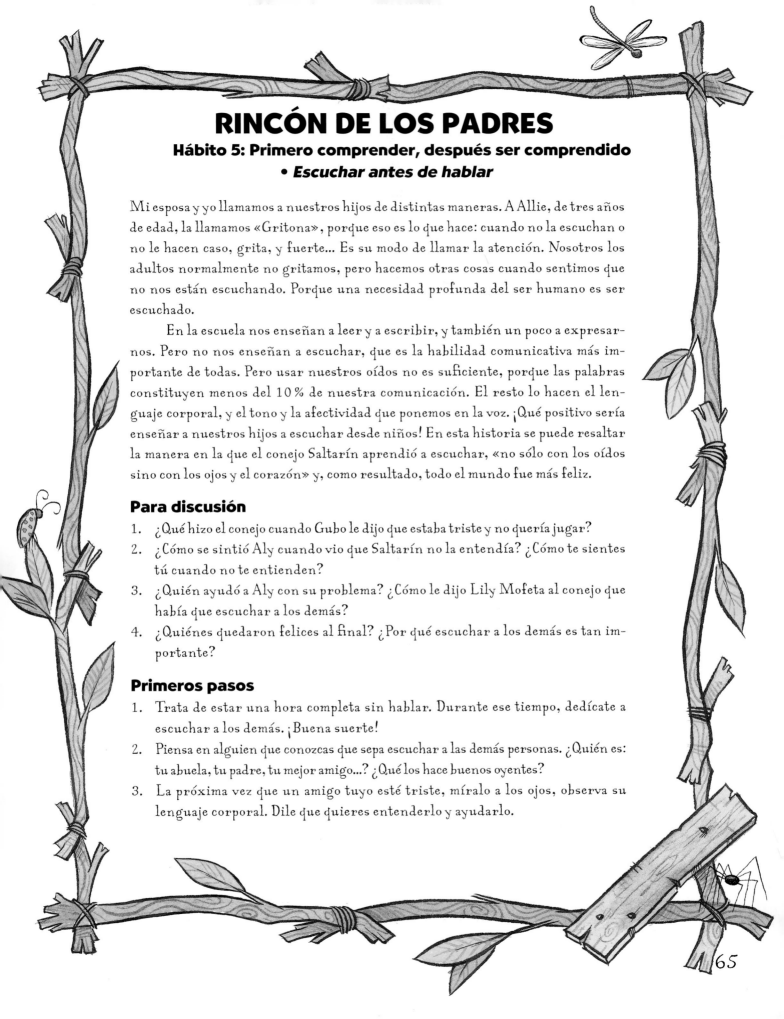

# RINCÓN DE LOS PADRES
## Hábito 5: Primero comprender, después ser comprendido
### • *Escuchar antes de hablar*

Mi esposa y yo llamamos a nuestros hijos de distintas maneras. A Allie, de tres años de edad, la llamamos «Gritona», porque eso es lo que hace: cuando no la escuchan o no le hacen caso, grita, y fuerte... Es su modo de llamar la atención. Nosotros los adultos normalmente no gritamos, pero hacemos otras cosas cuando sentimos que no nos están escuchando. Porque una necesidad profunda del ser humano es ser escuchado.

En la escuela nos enseñan a leer y a escribir, y también un poco a expresarnos. Pero no nos enseñan a escuchar, que es la habilidad comunicativa más importante de todas. Pero usar nuestros oídos no es suficiente, porque las palabras constituyen menos del 10 % de nuestra comunicación. El resto lo hacen el lenguaje corporal, y el tono y la afectividad que ponemos en la voz. ¡Qué positivo sería enseñar a nuestros hijos a escuchar desde niños! En esta historia se puede resaltar la manera en la que el conejo Saltarín aprendió a escuchar, «no sólo con los oídos sino con los ojos y el corazón» y, como resultado, todo el mundo fue más feliz.

## Para discusión

1. ¿Qué hizo el conejo cuando Gubo le dijo que estaba triste y no quería jugar?
2. ¿Cómo se sintió Aly cuando vio que Saltarín no la entendía? ¿Cómo te sientes tú cuando no te entienden?
3. ¿Quién ayudó a Aly con su problema? ¿Cómo le dijo Lily Mofeta al conejo que había que escuchar a los demás?
4. ¿Quiénes quedaron felices al final? ¿Por qué escuchar a los demás es tan importante?

## Primeros pasos

1. Trata de estar una hora completa sin hablar. Durante ese tiempo, dedícate a escuchar a los demás. ¡Buena suerte!
2. Piensa en alguien que conozcas que sepa escuchar a las demás personas. ¿Quién es: tu abuela, tu padre, tu mejor amigo...? ¿Qué los hace buenos oyentes?
3. La próxima vez que un amigo tuyo esté triste, míralo a los ojos, observa su lenguaje corporal. Dile que quieres entenderlo y ayudarlo.

# Los Tejones Matones

**M**uchos sábados, nuestros amigos se reúnen
en el Parque del Tío Bud, y suelen improvisar
algún juego con quien aparezca por allí.
Un día vino al parque el equipo de los Tejones Matones.
—¿Quién quiere jugar al fútbol? —preguntó el
Tejón más grande—. Como no hay nadie más, jugaremos
con vosotros, pero seguro que ganaremos.

Los amigos se reunieron.

—Nos van a aplastar como a hormigas —dijo Gubo.

—Sí..., yo me largo —decidió Pinchi.

—Yo me voy a casa a pintar —dijo Lily.

—¡Esperad! —exclamó Sofi—. Son muy grandes, y asustan, pero nosotros sabemos jugar. Podemos ganarles. Y seguro que Saltarín puede marcar muchos goles.

—Les enseñaremos quién puede más —aseguró Saltarín.

Todavía les costó un poco, pero Sofi y el conejo convencieron al fin a sus amigos.

JUGANDO
UNIDOS
NOSOTROS
TAMBIÉN
OBTENDREMOS
SUERTE

Pero antes de que se dieran cuenta, los Tejones Matones les habían marcado tres goles.

Aunque Saltarín hacía todo lo posible por marcar, ninguno de sus compañeros conseguía pasarle la pelota.

Sofi y Samy tropezaban constantemente con sus colas.

Lily se paraba a coger flores...

Pinchi se fue a echar una siesta...

... y Gubo sacó su lupa y se puso a observar hormigas.

Al final, fue Ali la que marcó un gol..., pero en su propia meta.

¡Ahora los Tejones habían conseguido marcar cuatro goles!

—Este juego es perder el tiempo —dijo uno de ellos—. ¡Vámonos de aquí!

—¡Esperad un momento! —exclamó Saltarín—. Dejadme hablar con mi equipo.

Y los llamó a todos.

—Todavía podemos ganar —les dijo.

—Olvídalo... —dijo Pinchi—. Nos harán puré.

PARQUE DEL TÍO BUD

—¡No...! —insistió Sofi— Serán más grandes y fuertes que nosotros, pero podemos ganarles si jugamos en equipo. ¡Pongamos en marcha nuestras destrezas!

—¿Nuestras qué? —preguntó Lily.

—Nuestras habilidades —explicó Sofi—. Pinchi, tú serás el portero, y asusta con tus púas a esos grandullones. Saltarín, tú dedícate a lanzar la pelota a la portería, que es lo que haces mejor. Samy, tú puedes ayudarte a pasar la pelota con la cola. Lily, cuando no estás recolectando flores eres buena con la cabeza, ya sabes. Gubo, tú que eres grande, crúzate en su camino. Y Aly, acabas de hacerlo muy bien, pero en sentido contrario. Vamos todos, chicos. ¡Somos un equipo!

Todos estaban de acuerdo con Sofi.

—No os vayáis...
—les dijo el conejo
a los Tejones Matones—.
¡Seguimos en el juego!

—Seguiréis perdiendo... —replicó el Tejón más grande—. Ya verás.

Los equipos volvieron a enfrentarse.
Saltarín le pasó la pelota a Sofi.

Sofi se la pasó a Lily...

Lily se la envió
con la cabeza a Samy.

Samy se la mandó
con la cola a Saltarín...

Y Saltarín metió
la pelota en la portería.

—¡Gol! —gritó Gubo.

El equipo estaba lleno de entusiasmo. Lily cabeceó el balón para Samy, que marcó otro gol. Pinchi sacaba sus púas cada vez que se acercaban los Tejones. Gubo se cruzaba en el camino del delantero contrario. Saltarín y Sofi lograron dos goles más. Ahora el juego estaba empatado, 4 a 4, y ambos equipos muy cansados.

—Sigamos jugando hasta que uno de los dos equipos marque el gol decisivo —propuso Saltarín.

—Se me ha ocurrido un buen plan —dijo Sofi.

—¿Cuál es? —preguntó Gubo.

—Algo que nunca hemos hecho antes —replicó Sofi, y reunió al grupo para explicarle su idea.

—¡Vamos! —exclamó Saltarín.

Con la pelota en su poder, siguieron el plan de Sofi. Gubo le pasó la pelota a Lily, y Lily se la lanzó a Samy con la cabeza. Samy buscó a Saltarín, pero estaba marcado por varios Tejones.

Con el rabillo del ojo, Samy localizó a Aly, que estaba sola.

—¡Aquí, aquí! —le gritaba Aly.

—Samy lanzó la pelota hacia ella. Un Tejón se le echaba encima, pero Aly pasó entre sus piernas y se apoderó del balón.

Pero al correr a la portería tropezó.
—¡Uuufff...! —y se cayó de boca.
La pelota rebotó y le pegó en la cabeza, «¡BOING!»,
desde donde saltó a la portería y... ¡GOOOL!

—¡Hemos ganado! —gritaron todos—. ¡Viva Aly!

Gubo levantó a Aly y se la subió a los hombros.

—¡Buen juego! —los felicitó el capitán de los Tejones—. Sois mejores de lo que creíamos.

—Gracias —respondió Saltarín—. Volvamos a jugar juntos otro día.

—¡Claro! —contestó el Tejón—. ¡Con la condición de que Aly juegue con nosotros!

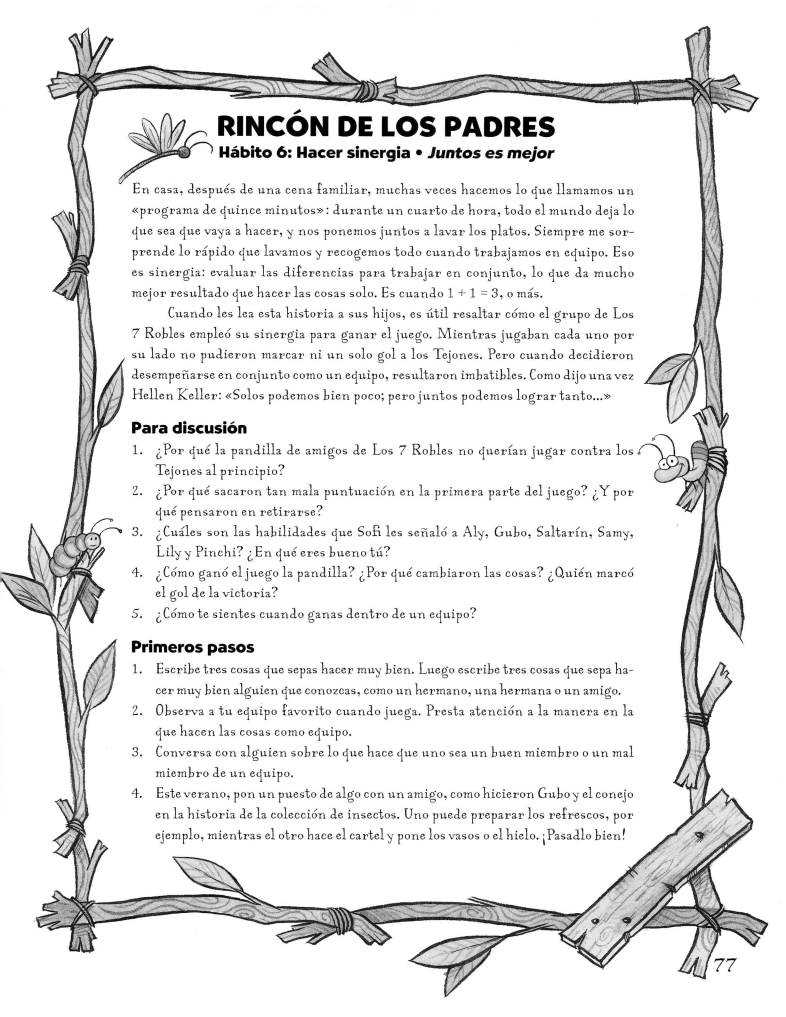

# RINCÓN DE LOS PADRES
## Hábito 6: Hacer sinergia • *Juntos es mejor*

En casa, después de una cena familiar, muchas veces hacemos lo que llamamos un «programa de quince minutos»: durante un cuarto de hora, todo el mundo deja lo que sea que vaya a hacer, y nos ponemos juntos a lavar los platos. Siempre me sorprende lo rápido que lavamos y recogemos todo cuando trabajamos en equipo. Eso es sinergia: evaluar las diferencias para trabajar en conjunto, lo que da mucho mejor resultado que hacer las cosas solo. Es cuando 1 + 1 = 3, o más.

Cuando les lea esta historia a sus hijos, es útil resaltar cómo el grupo de Los 7 Robles empleó su sinergia para ganar el juego. Mientras jugaban cada uno por su lado no pudieron marcar ni un solo gol a los Tejones. Pero cuando decidieron desempeñarse en conjunto como un equipo, resultaron imbatibles. Como dijo una vez Hellen Keller: «Solos podemos bien poco; pero juntos podemos lograr tanto...»

## Para discusión

1. ¿Por qué la pandilla de amigos de Los 7 Robles no querían jugar contra los Tejones al principio?
2. ¿Por qué sacaron tan mala puntuación en la primera parte del juego? ¿Y por qué pensaron en retirarse?
3. ¿Cuáles son las habilidades que Sofi les señaló a Aly, Gubo, Saltarín, Samy, Lily y Pinchi? ¿En qué eres bueno tú?
4. ¿Cómo ganó el juego la pandilla? ¿Por qué cambiaron las cosas? ¿Quién marcó el gol de la victoria?
5. ¿Cómo te sientes cuando ganas dentro de un equipo?

## Primeros pasos

1. Escribe tres cosas que sepas hacer muy bien. Luego escribe tres cosas que sepa hacer muy bien alguien que conozcas, como un hermano, una hermana o un amigo.
2. Observa a tu equipo favorito cuando juega. Presta atención a la manera en la que hacen las cosas como equipo.
3. Conversa con alguien sobre lo que hace que uno sea un buen miembro o un mal miembro de un equipo.
4. Este verano, pon un puesto de algo con un amigo, como hicieron Gubo y el conejo en la historia de la colección de insectos. Uno puede preparar los refrescos, por ejemplo, mientras el otro hace el cartel y pone los vasos o el hielo. ¡Pasadlo bien!

# Sofi dormilona

Un hermoso día en la escuela de Villamontaña, mientras la maestra, señora Búho, enseñaba la letra Z, Sofi se quedó profundamente dormida.

La señora Búho se acercó y le hizo cosquillas suavemente con una pluma.

—Despierta, Sofi —le dijo.

Sofi abrió los ojos, y volvió a cerrar uno de ellos, tratando de recordar dónde estaba.

—¿No has dormido bien esta noche? —le preguntó la señora Búho.

—Creo que no —respondió Sofi, bostezando—. Esta noche me acostaré más temprano.

En el camino a casa, Samy le dijo:

—Hermanita, ¿cómo pudiste quedarte dormida
en clase? ¡Qué vergüenza!

—Sí..., lo sé —respondió Sofi—. Pero estaba tan fatigada...

—¿Fatigada?... —preguntó Samy.

—Cansada —explicó Sofi—. Me he sentido muy cansada
estos días.

—¡Claro! Si te pasas la noche despierta, leyendo
bajo las sábanas... Mamá debería quitarte la linterna.

—Pero la lectura es la salsa de la vida... —dijo Sofi.

—¿Salsa...? —preguntó Samy—. No sabía que hubiera
salsa en los libros... ¿Ésa no es una música latina?

—Ah..., no importa —respondió Sofi, con cara
de desesperación—. Démonos prisa, quiero dormir la siesta.

Cuando llegaron a su árbol, Sofi se recostó en el sofá.
Entonces vio un libro y... no pudo evitar abrirlo.

«Tun, tun.» Lily estaba en la puerta.
—¿Quieres venir a colorear? —le dijo—. Tengo unos
libros nuevos.

—No, gracias —dijo Sofi—. Estoy agotada. A lo mejor
mañana.
—Bueno —respondió Lily—. Voy a buscar a Aly.
Pero cuando Lily se fue, Sofi volvió a coger el libro.

«Tun, tun.»
Sofi suspiró. Era Saltarín.

—¿Vienes a montar en bici...? —le preguntó.
—No, gracias —dijo Sofi—. No tengo fuerzas para eso.
—¡Es terrible! —exclamó el conejo—. Necesitas vitaminas.
—Lo que necesito es dormir... —respondió Sofi.
—De acuerdo —contestó el conejo—. Volveré mañana
a ver si ya estás bien.

Saltarín se alejó corriendo, y Sofi VOLVIÓ a coger el libro.

«Tun, tun.» Ahora era Pinchi.

—Sé una canción nueva —le dijo—. Ven conmigo al lago Ojo de Pez, y te la toco en mi armónica mientras te echas y miras el cielo.

—No tengo tiempo para eso —replicó Sofi—. Estoy ocupada leyendo.

—No puedes estar TODO el tiempo leyendo —le dijo Pinchi—. A veces hay que oír música y mirar las nubes.

—En otro momento —insistió Sofi.

—Como quieras —contestó Pinchi—. Ya nos veremos.

Cuando Pinchi se fue, Sofi retomó su lectura. Pero antes de que pudiera darse cuenta, se quedó dormida.

A la hora de cenar, su
madre vino a despertarla.

—Has estado durmiendo
mucho rato —le dijo,
tocándole la frente—.
¿Te encuentras bien?

—Me siento agotada
—respondió Sofi.

—Hmm... —repuso
la madre—. Creo que pasas
demasiado tiempo leyendo. Es muy bueno que leas,
pero también hacen falta otras cosas en la vida.
Tienes que hacer cosas para descansar la mente.

—¿Qué otras cosas? —preguntó Sofi.

—Además de la mente, tienes también un corazón,
un cuerpo y un espíritu —dijo su madre.

—Explícame eso —pidió Sofi.

—Bueno, pues... cuando juegas con tus amigos estás usando el corazón —dijo su madre.

—¿Y mi cuerpo?

—Cuando haces deporte y ejercicio.

—¿Y mi espíritu? —preguntó Sofi.

—Cuando encuentras paz y tranquilidad, que te hacen sentir bien, estás usando tu espíritu —respondió su madre—. Necesitas todas esas cosas para tener equilibrio en la vida.

—Hmm... —dijo Sofi—. Déjame pensarlo.

Al día siguiente, llamó a Lily:

—¿Todavía quieres colorear? —le dijo.

—Claro —respondió Lily—. ¿Por qué no vienes a mi casa, y también tomamos leche con galletas en mi patio?

Sofi pasó toda la mañana en casa de Lily. A la hora de irse, le dijo:

—Lo he pasado muy bien contigo, Lily. Eres muy buena amiga, y me haces sentir bien, de corazón.

Ese mismo día, Sofi fue a visitar a Saltarín.

—Mi cuerpo necesita ejercicio —le dijo—.
¿Quieres montar en bicicleta?

—¡Sí, claro! ¡Vamos! —contestó el conejo.

Cuando se cansaron de dar vueltas por Los 7 Robles,
Sofi dijo:

—Gracias, Saltarín, he disfrutado mucho del paseo.
Mi cuerpo se siente mejor, y yo me siento más equilibrada.
¡Otro día lo hacemos otra vez!

—¡Estupendo! —dijo el conejo Saltarín.

«Ahora —pensó Sofi— tengo que hacer algo
bueno para mi espíritu; como oír música y contemplar
las nubes. ¿Dónde estará Pinchi?»

Encontró a Pinchi donde siempre, tumbado en su hamaca.

—Cuando quieras podemos ir al lago, me gustaría
oír tu canción nueva —le dijo.

Cuando llegaron al lago Ojo de Pez, Pinchi se puso
a tocar su armónica, mientras Sofi se recostaba en la
hierba y contemplaba las nubes. Dejó vagar su mente,
y a su imaginación acudieron mariposas y flores de colores.
Hasta que sintió deseos de volver a casa.

—Gracias, Pinchi —le dijo—. Tu música le ha hecho mucho bien a mi espíritu. Pero tengo que irme.

Cuando Sofi llegó a casa, su madre le preguntó:

—¿Cómo ha ido el día?

—Muy equilibrado —respondió Sofi—. Cuando coloree con Lily, lo hice de corazón. Con Saltarín, ejercité mi cuerpo montando bicicleta. Y luego oí la música de Pinchi con todo mi espíritu. Me siento muuucho mejor. Pero ahora necesito descansar.

—¿Descansar? —preguntó su madre—. ¿Cómo?

—Es hora de volver a usar la mente —dijo Sofi—. ¡Voy a leer un libro!

# RINCÓN DE LOS PADRES
## Hábito 7: Afilar la sierra • *Renovación con equilibrio*

A veces, cuando mis hijos están malhumorados, o hiperactivos, o se sienten deprimidos por alguna razón, suelo decirles que «dejen de actuar como niños pequeños», olvidando que, realmente, eso es lo que son. Mi esposa maneja mejor esas situaciones. Sabe que son pequeños desequilibrios temporales debidos al cansancio, el hambre o a un exceso de estímulos. Así que, según el caso, les da una manzana, un baño, o les lee un libro hasta que se les pasa. ¿No es verdad que lo mismo nos pasa a los adultos? Todos nos sentimos mejor cuando estamos bien equilibrados, cuando nos dedicamos tiempo a nosotros mismos para renovar esos cuatro componentes: cuerpo, corazón, mente y espíritu.

En este cuento hay que señalarles a los niños que estamos formados de esas cuatro partes, así como un automóvil tiene cuatro ruedas. Y para ser felices y saludables, todos nuestros componentes necesitan que les dediquemos tiempo y atención. Sofi se concentró tanto en una sola parte de ella, ejercitando su mente con los libros, que se olvidó de las otras: su cuerpo, su corazón y su espíritu. Por eso estaba tan agotada. El hábito 7: afilar la sierra, se refiere a ese equilibrio. Que no estemos nunca tan ocupados serrando que se nos olvide afilar la sierra.

## Para discusión

1. ¿Por qué se quedó dormida Sofi en clase? ¿Cuál pensaba Samy que era su problema?
2. ¿Qué hizo Sofi cuando volvió a casa después de la escuela? ¿Quién vino a jugar con ella? ¿Por qué no quiso jugar?
3. ¿Qué le dijo a Sofi su madre que tenía que hacer para sentirse mejor?
4. ¿Qué cosas hizo Sofi para sentirse mejor?
5. ¿Por qué es importante mantenernos equilibrados?

## Primeros pasos

1. Durante dos noches seguidas, acuéstate un poco más temprano, y ¡verás qué bien te sientes por la mañana!
2. Lee veinte minutos al día durante toda una semana.
3. Juega hoy con alguien con quien hace tiempo que no juegas.
4. Ve a uno de tus sitios naturales favoritos, como la montaña, un parque o un río. Allí, piensa en todas las cosas de la vida que te hacen feliz, como tu abuelita, tu perro, un juguete que quieras mucho, o divertirte con tus amigos.

# El árbol de los 7 hábitos

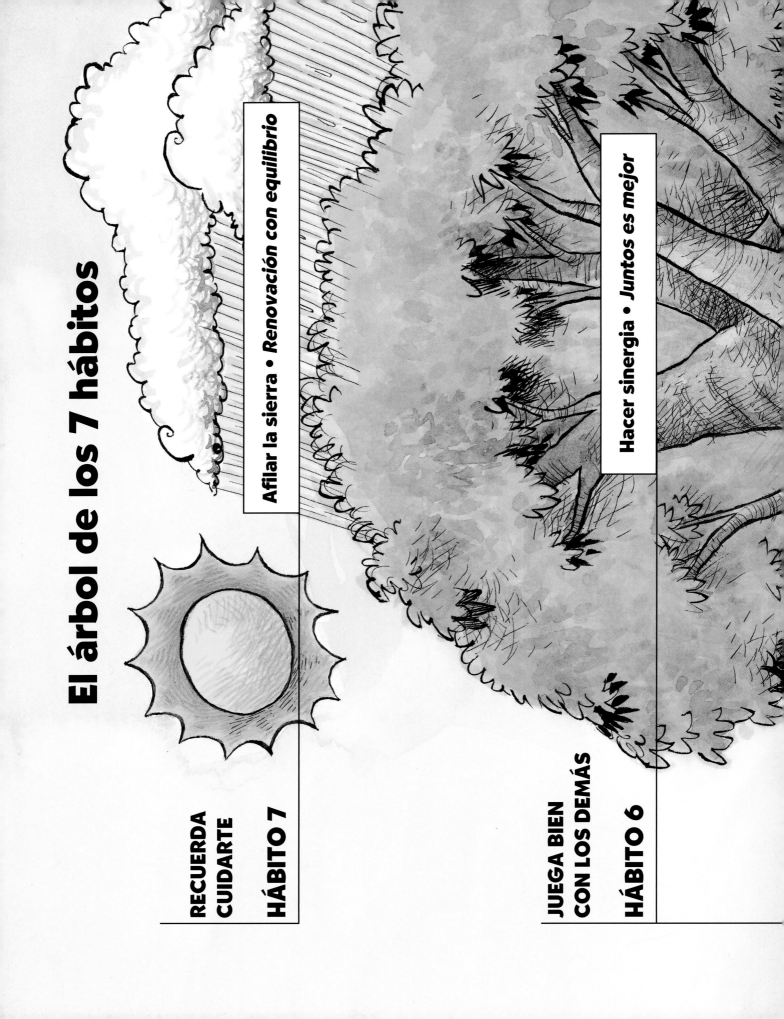

Afilar la sierra • *Renovación con equilibrio*

Hacer sinergia • *Juntos es mejor*

RECUERDA
CUIDARTE

**HÁBITO 7**

JUEGA BIEN
CON LOS DEMÁS

**HÁBITO 6**

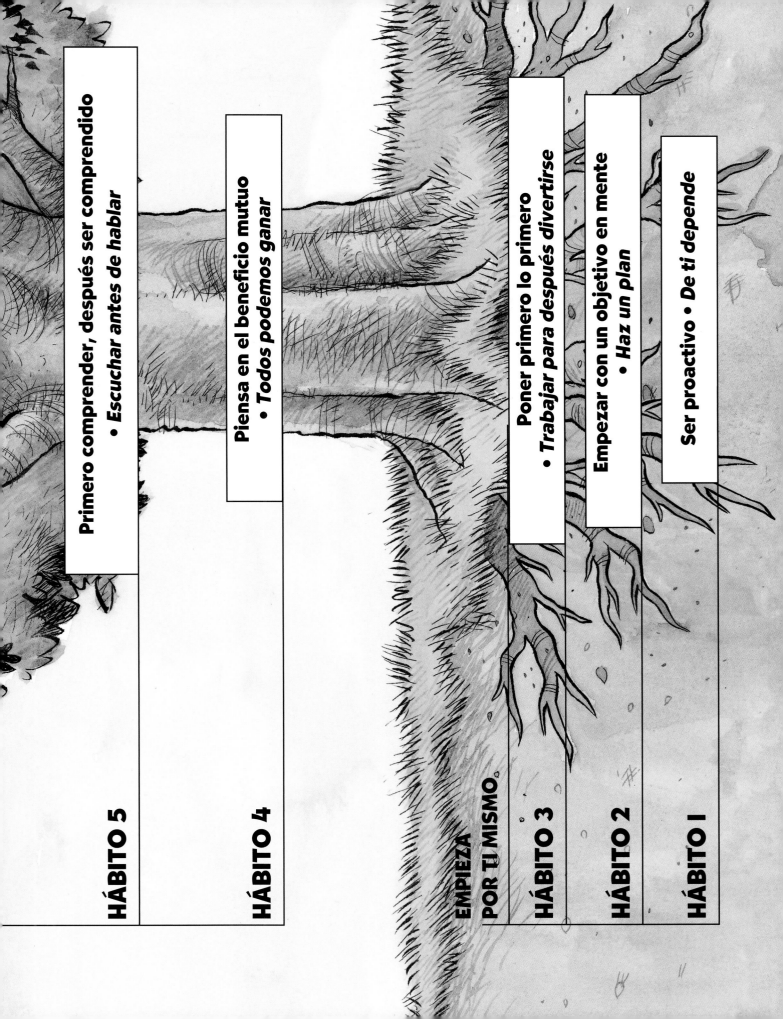

# Comentario de Stephen R. Covey

Nuestro hijo Sean, autor de este libro para niños, fue un niño tan agradable que cuando le tocó ir por primera vez al parvulario, en la escuela infantil Laie, de Hawaii (donde estábamos pasando mi año sabático de la universidad), mi esposa decía: «No quiero que vaya... ¡Me hace mucha compañía!». Sean tampoco tenía muchas ganas de ir, y hasta nos costó que subiera al coche para llevarlo. Estaba tan acostumbrado a las cercanas playas hawaianas, a andar descalzo por la arena, que la escuela era lo último que podría haberse imaginado.

Ha transcurrido mucho tiempo desde entonces.

Como padre, abuelo y, ahora, bisabuelo, he podido comprobar la profunda influencia que tiene en la gente, y en particular en los niños, la enseñanza de principios fundamentales e inmutables. Por esa razón recomiendo este libro, *Los 7 hábitos de los niños felices*. Tiene la cualidad de enseñar los principios naturales del comportamiento comprendidos en *Los 7 Hábitos de la gente altamente efectiva* de una manera divertida, hablándoles directamente a los niños.

En nuestros días se oye hablar mucho de la usurpación de identidad, cuando un ladrón informático se mete en una cuenta bancaria y cosas por el estilo. Es una desgracia; pero hay otra clase de usurpación de identidad aún peor, que con frecuencia nos pasa desapercibida. Sucede cuando el niño se olvida de quién es en realidad, cuando le quitan su valor y su potencial intrínseco. Es la peor forma de usurpación de identidad.

Cuando el niño vive inmerso en principios universales y permanentes —como la responsabilidad, la honestidad y el apoyo a los demás— tanto en su casa como en la escuela, se afirman y refuerzan su enorme valor y sus potencialidades humanas. Adquiere confianza en sí mismo, sentido de la integridad y el valor para hacer lo correcto en la vida. Los niños desarrollan carácter. Se nutren de su verdadero ADN.

Por otra parte, si no se les enseñan verdaderos principios y no ven buenos ejemplos, los niños forman su propia identidad en comparación con los otros. En otras palabras, su sentido de su propio valor, o la falta de él, proviene de comparar su posición con la de los demás. Como resultado de ello, la influencia de las personas con las que se compare constituirá su referencia, su ADN cultural (por así llamarle en analogía con el ADN biológico), con lo que perderán la seguridad en sí mismos y su propio sentido de la integridad y el valor. Terminarán preocupándose más por su imagen que por ser ellos mismos, con lo que habrán perdido su propia identidad. ¡He ahí la importancia de enseñar buenos principios, y demostrarlos con el ejemplo!

Me entusiasma que las aventuras de Gubo, Lily, el conejo Saltarín y los demás chicos de la pandilla de Los 7 Robles les gusten a los pequeños. Y estoy sorprendido de lo fácil que resulta aprender los 7 hábitos en los primeros años de vida, antes de los ocho años de edad, antes de que los niños puedan adquirir falsas identidades basadas en comparaciones en vez de principios.

No olvidemos que la mayor grandeza del ser humano es su personalidad; luego la popularidad, el éxito y el prestigio. Es relativamente poca la gente que logra ambas cosas. Queremos que los niños a los que estamos educando lleguen a tener las dos; pero desde luego que la primera es primero y principal. Después de todo, con nuestra personalidad, con nuestro carácter, nos forjamos nuestro destino. En palabras de Daniel Webster:

«Lo que hagamos en mármol, perecerá. Lo que hagamos en bronce, lo destruirá el tiempo. Los templos que levantemos, caerán hechos polvo. Pero si trabajamos en mentes inmortales, infundiéndoles principios, estaremos grabando en tablillas que el tiempo no podrá borrar, que brillarán eternamente.»

Stephen R. Covey